청풍명월
清風明月

隱石 김주명 제3시집

청풍명월
淸風明月

노문Nomoon

『청풍명월』을 내며

　〈문학21〉 시 부문에 등단한지 어언 16년이 되었고 그 동안 시낭송 자격증을 취득하여 수많은 시낭송 대회에 참가하여 많은 박수 갈채를 받기도 하였다 .

　2011년 6월 1일 고향인 음성군 생극면 큰바위 얼굴 조각 공원에 〈귀향〉 시비를 세워 어쩌다 고향에 갈 때 면 가슴 뿌듯하기도 하였다.

　이제 한국문인협회 시인되어 3번째 시집 『청풍명월』 을 발간하게 되어 감개무량하다. 80세 노년에 들어선 문 학인으로서 남은 여생 문학을 사랑하고 문인의 향기를 품으며 살아갈 것이다.

안양 평촌에서
隱石　김주명

소처럼

소처럼 우직하고 묵묵하며
언제나 정성껏 열심하소서

소처럼 겸손하고 순종하고
낮아지고 겸허 하소서

소처럼 참고 기다리며
양보하고 헌신하소서

소처럼 태연하고 초연하게
세상을 이기며 강인하소서

차례

2부 – 순교자

3부 – 예술공원

4부 – 엠클래스

1부_ 은석

금빛봉사예술단 마술공연

청풍명월(淸風明月)

맑고 깨끗하여 청(淸)이고
유통하여 거리낌 없어
바람(風)이라 하네

청풍명월 정기 받아
소생하는 만물이여
화합이 있어 성장하네

우리 고장 충청도
우리 일가 청풍김씨(淸風金氏)
내 고장 청풍명월(淸風明月)

은석(隱石)

숨은 자는 일에 전념하고
스스로 즐거움을 느끼고
보람을 갖고 살아간다
돌과 같은 굳건한 사람은
오로지 한 가지 마음을 가지고
근엄하게 살아간다

숨은 돌 은석은
모든 일에 보이지 않게
뒤에서 겸손히 살아간다

행복한 날 (1)

허구 많은 사람중에
천상의 연분으로
님의 많은 축복을 받고
백년가약 맺은 행복한 날

우리는 만인 앞에서
진실한 남편과 아내로서
도리를 굳게 맹세 하였으니
떳떳한 부부가 되었네

항상 서로 사랑하고
웃어른을 정성껏 섬기고
아들 딸 잘 키우며
언제나 사랑을 나눠야지

오늘의 이 기쁨과 영광을
가슴 속 깊이 간직하고
알파와 오메가인 동반자를
내 생명처럼 사랑하겠어요

금빛 공연 300회

이순의 언덕을 넘어
자원봉사 일꾼이 되어
어언 8년의 세월 속에
300회 공연 이루었네

외롭고 고독한 어르신
힘없고 연약한 어르신
함께 즐긴 기쁨의 평화
끈끈한 사랑 나누었네

내일의 푸르름을 펴고
복지사회 밑거름 되어
사랑과 정성으로 몸바쳐
문화 예술의 꽃 피웠네

대망의 병술년

을유년의 아쉬움을 남기고
병술년의 새 아침이 밝아온다

동남아 해일의 상처가 아물기 전
세계 도처에 테러와 분쟁이 속출하고
신의 노여움 속에 얼룩진 지구촌

호남의 폭설로 농민이 울고
황교수의 줄기 세포는 오리무중
빈부격차로 양극이 심화된 세상

시민의 품으로 돌아온 청계천
연예계는 한류화가 뜨고
소망의 보신각종은 울렸다

오늘의 선량한 민초 지방선거
월드컵 신화의 재현을 꿈꾸며
평화 통일을 싣고 철마야 달려라

부부 야유회

교육계 옛정 그리며
푸른 안양 예술 공원에
모였네 부부동반 야유회

흘러간 한 많은 세월속에
잔주름과 백발이 성성
불타던 젊음이 그립네

건재한 부부 님이여
남은 황혼의 인생 여정
즐겁고 기쁘게 만나요

청계 시낭송

입추가 지난 초가을 밤
호국의 전당 흥사단에
청계시 낭송회 열렸네

세월의 여울 속에
잔주름과 백발이 성성
그래도 마음은 청춘

건재한 원로 시인이여
청계천에 낭만을 심고
달리자 시 낭송 문학

장미

짙푸른 녹색 음기가
광야의 대지를 휘감고
사랑을 유혹하네

뙤약볕에 성숙한 장미
상냥한 미소로
진실을 고백하네

오늘도 장미 향기 받아
고독과 외로움 달래며
그리운 낭만에 젖으리

오죽헌

대사원 최응빈 고택 별장
이이가 태어난 몽룡실
한국 주택사 오래된 집

영동지방 민속자료
사회교육 정성 함양관
오죽헌 시립 박물관

율곡의 저서와 간찰
신사임당의 유품 전시된
빛나는 율곡 기념관

만추

국화 향기 그윽하고
단풍이 곱게 물든
천고 마비의 계절에

동안 노인 대학생들
마음을 열고 흥겹게
된장의 고장 순창 찾았네

고속도로 차창에 어리는
농촌의 전원 풍경
마음도 청춘 인생도 가네

월미도

하늘 높고 물 맑은
가을 아침 햇살 가르며
노인정 야유회 떠났네

서해 바다의 전초지
전철의 자취 어린 월미도
망망한 바다는 말이 없네

인생 뒤안 여정길에
싱싱한 장어회식 나누며
활기찬 노후 힘내세요

선릉

조선 9대 성종대왕
정현왕후 윤씨의 릉
남쪽에 위치한 선릉

경국대전을 집대성 하고
체제와 기반을 완성시켜
조선 후기 문화 꽃 피웠네

자랑스런 세계 문화 유산
빛나는 조선 왕릉
문화 꽃 피운 성종대왕

고마운 아버지

청풍명월의 고장 음성
6형제 다섯째로 태어 난
시골 빈농의 소박한 아버지

일정 때 징용으로 끌려가
후꾸시마 탄광에서 일하다
해방 이듬 해 귀국한 아버지

논 다섯 마지기 농사지어
헐벗고 굶주리며 5남매 길러
고등교육 가르쳐 일꾼 만들었네

외국 관광 한번 못하고
고인이 된지 20년 세월
대답 없는 고마운 아버지

그리운 어머니

첩첩산중 두메산골 배터에
5남매 막내로 태어나
무학으로 한평생 사신 어머니

시골 빈 농부의 아내되어
산전수전 고생 다 겪으며
5남매 기르신 어머니

맑고 깨끗한 소박한 성품에
알뜰하고 검소한 생활로
한 평생 가난과 싸우신 어머니

시레기 죽으로 연명하며
몸베 바지 다 헤지도록
이웃과 품앗이 한 어머니

등잔 불 밑에서 돋보기 쓰고
뚫어진 양말 꿰매시던
눈에 선한 그리운 어머니

인생 여정

약관에 훈장되어
청운의 뜻을 품고
초등교육에 헌신하고

이순에 문학의 장을 열어
정열을 불태우며
문단에 꽃을 피웠네

이순에 장로 직분 받아
몸된 교회 잘 섬기며
청지기 사명 잘 감당하고

이순의 언덕을 넘어
교단 정년 마치고
은빛 자유인 되었네

고희에 문집 펴내고
고향 조각 공원에 시비 세워
감사 영광 가득 하였네

잘가라 신묘년

깡충깡충 토끼처럼
열심히 달려 온 신묘년
또 한해가 저문다

정치 경제 사회가 들 떠
FTA로 어수선한 세상
역사 앞에 부끄럽지 않기

먼 앞날을 바라보고
참고 견디자 내일을 위해
먼저 나라를 사랑해야지

주왕산

빨간 사과가 주렁주렁
단풍이 곱게 물들어 가는
하늘 높고 물 맑은 늦 가을

중경기 노회 장로회 부부
주님 은혜 가운데
청송 주왕산 찾았네

주왕산 제1폭포 지나
기암 절벽의 청풍 바위
인파 속에 해가 저무네

사도의 길

평생 사랑과 정성 다해
사도 봉사로 헌신하시는
교육의 선구자 동지여

학교 폭력 사건으로
교육의 위상 추락하네
일으키자 사랑의 교육

교육은 국가의 백년 대계
도덕 교육 재무장하여
정의 사회 구현하자

대망의 임진년

세월의 수레바퀴 속에
흑룡의 기가 뻗쳐
대망의 임진년이 밝았다

4월 총선 12월의 대선
깨끗한 민주시민 긍지로
먼저 나라를 사랑하자

정기 받은 용처럼
우리 모두 큰 기상을 갖고
윤리 도덕 바로 세우자

여수 박람회

녹음이 짙어가는 호국 보훈의 달
안양 동안 노인 대학 동우회
여수 엑스포 박람회 찾았네

성우 관광 버스에 몸을 싣고
43명의 동우회 한 몸 되어
신나게 고속도로 달렸네

차창에 스치는 농촌의 풍경
신나게 흔드는 트위스트 춤에
마음도 청춘 신바람 나네

엑스포 이미지 살린 주제관
디지털 영상 매체 삼성관
해양 발달의 산 역사 한국관

세계 어종 전시된 아쿠아리움
저녁 회정식에 피로가 가고
찬란한 빅 오션 천지진동 하네

진남관

희망에 불타는 여수의 아침
돌산대교 건너 진남관 바라보면
충무공님의 호령소리 들리네

남해 대교 건너 충렬사
충무공의 관음표 전몰 유적지
한산 대첩의 승전 영원하네

삼천포 유람선 남해 순항하며
선내 트위스트 음악 낭만을 심고
행복으로 만끽한 여수 엑스포

2부_ 순교자

큰바위 얼굴 조각공원
"귀향" 시비제막식

순교자 (1)

불타는 6월의 폭양아래
93년전 3.1 운동 그리며
크리스찬 문인들 제암리 찾았네

깨끗하고 소박한 농민들
하나님 사명 잘 감당하며
먼저 나라 위해 몸 바쳤네

독립 운동의 근거지 제암리
23인의 거룩한 순교자여
고이 잠드소서 영원 하소서

문경새재 (1)

산과 하늘이 열려
심산계곡 펼쳐진 푸르름
산길이 정겨운 문경 새재

청계천 문학 회원님들
문경새재 자연생태 공원
자연의 향기 물씬 풍기네

찻잔에 잠긴 소중한 사랑
당신과 함께 우정을 나눠요
칠석 차 문화제 사랑 나눠요

금빛봉사 10주년

.

사랑과 봉사로
금빛 봉사 10 주년
370회 금자탑 쌓았네

고진감래로
고난과 역경을 참으며
대민 봉사 위문 공연 하였네

외로운 노인 위해
기쁨과 즐거움 나누며
아! 금빛 봉사 영원하리

매화 마을

봄기운 감도는 3월 초
동백 여행사 따라
비옥한 호남 땅 밟았네

어여쁜 구례의 수유꽃
인파로 쌓인 매화마을
터지는 광양의 매화 꽃

매화 마을 이룬 김영감
섬진강의 훈풍을 타고
화신의 꽃망울이 부르네

꽃동네 연수

높은 하늘 짙푸른 산야
평화의 고장 음성 땅
꽃동네 동화 연수 열렸네

보고 싶은 그리운 어린이
구수한 할머니 할아버지 동화
기쁨과 즐거움이 가득

꽃동네 오 신부님 사랑은
최 할아버지 정신 받아
평화 천국 이루었네

총 동문회

단풍이 곱게 물든 10월
청풍 명월의 충주 땅
충주사범 총 동문회 열렸네

보고 싶고 그리웠던
은사님과 동문님들
기쁨과 사랑이 가득

남은 세월 건강하게
얽메인 삶 다 풀어 놓고
즐겁고 신나게 살아요

삼길포

해풍이 봄빛을 날리고
썰렁한 삼길포 해변
무심히 허공을 맴도는 갈매기

벽산 노인정 나들이
새마을 식당에 정을 풀고
삶의 여정을 나누네

덧없는 세월 속에
젊은 날을 회상하며
그리움을 아쉬워 하네

해풍에 산성 깃발이 날리고
치열했던 전적 유적지
무언의 역사가 지키네

광한루

열렬한 사랑의 맹서와 약속
이도령과 춘향의 꿈을 이룬
남원의 아름다운 광한루

달나라 궁전의 광한루
맑은 물 담아 연못에
사랑의 오작교 놓았네

열녀 춘향이의 굳은 절개
임을 향한 일편단심
여인의 민족혼 이어라

호암성 가든

청풍명원의 고장
충주 호암성 가든
충주사범 5회 동문 모였네

푸른 마음을 열고
호상의 기상을 펴고
55주년 졸업 축하 하였네

우리 모두 푸른 향기 품고
정성껏 열심히 살자
또 내일의 삶을 위하여

문화꽃

시민 문화 향상을 위하여
고난의 40년 세월
아름다운 문화꽃 피웠네

매월 검소하고 소박한
수준 높은 고적 답사로
시민의 문화 향상 하였고

다채로운 문화 세미나
무한한 사랑과 봉사로
새 문화 창조 하였네

푸른 호상의 기상을 펴고
정성껏 문화 꽃 피우자
희망의 내일을 위하여 !

고리땡 바지

누르스름한 고리땡 바지
펑퍼짐하고 후질그레한
10년 전 고리땡 바지

을씬하고 썰렁한 날
고리땡 바지 걸치면
하반신이 훈훈하다

고리땡 바지 입은 날
사람들이 자꾸만
쳐다 보는 것 같다

이제 그만 버려요
아내의 성화에도
편안하고 정들어
못버린다 고리땡 바지

은혜의 9주년

하나님 은혜가운데
어언 9주년 세월 흘러
교회 설립 감사예배 드리네

전능하신 하나님 은혜로
어려운 역경의 세월 이기며
눈물의 기도로 달려왔네

이 지역 많은 영혼 구하고
예배 치유 제자 은사 선교로
영원히 다스려 주옵소서

떴다 떴다

떴다 떴다 해가 떴다
신선한 아침 공기 마시고
사랑과 정성을 다하여
떴다 떴다 힘차게 달리자

떴다 떴다 달이 떴다
어두운 세상 밝혀 주는
마음문 열어 온 세상 안아
떴다 떴다 등불이 되자

크리스찬 세미나

청포도가 익어가는 7월
크리스찬 문인 성직자
강릉 문학기행 떠났네

문학 수상자 축하 예배
유교수 문예 철학강의
심금을 울렸네

한산한 경포대 해수욕장
입맛을 돋군 메밀 냉면
가방 속 수영복 말이 없네

풍선 축제 미인 선발 대회
동심에 불타는 여흥 놀이
마음도 청춘 기쁨도 하나

청춘 양구 (1)

찌는 삼복 더위 폭양 아래
한맥 문학 동호 인물
양구 여름 세미나 찾아

국토의 정 중앙 청춘 양구
남북 통일 지향과 한맥 문인들
통일 문학 지향 과제 나누고

살아 숨쉬는 자연 생태공원
젊은 땅 양구 미술의 전초지
박수근 미술관 꽃 피웠네

청춘 양구 (2)

한화한 일본 여인의 가이드
두타면 계곡 동굴 출렁다리
뜨거운 열정 통일 기원하고

민족 분단의 아픔 속에
62년의 한많은 세월
을지 전망대는 말이 없고

용머리 공원 짧은 여름 밤
시낭송 노래 장기 자랑
화합과 잔치 마당 신나네

만해 축전

말복이 지나고
입추의 가을 비가
만해 축전을 축하하고

설악의 짙푸른 녹음이
만해 마을을 휘덮고
만해 문인을 환영하며

백담사 정기가 서리고
만해 시인의 문학 정신이
만해 문학 축전을 꽃 피우네

가족 피서

처서 지난 초가을 장마비
견우 직녀 만나는 칠석에
횡성 가족 피서 떠났지

달콤한 안흥 찐방
상대리 싱싱한 송어회
숲 속에 묻힌 서초 수련원

탄광 문화촌의 석탄 박물관
강릉 소나기재의 신비한 선돌
효성이 지극한 옥,잔,여

3부_ **예술공원**

금빛예술단 공연 시 낭송

안양 예술 공원

처서 칠석이 지나
초가을 무더위 속에
안얀 예술 공원 찾아

푸른 산길 따라서
흐르는 계곡 물소리에
어지러운 세상 잊었네

흐르는 시원한 물소리에
발장구치며 마음을 달래
젊은 날의 추억을 더듬고

산수의 나이를 바라보며
한 많은 세상을 꿈꾸며
푸른 하늘에 시심을 심었네

제31차 세계시인 대회

청명한 9월 프레지던트 호텔
제 31차 세계시인 대회 열렸네
고문이 되어 세계시인 대회에 참석했지

대만의 왕치렁과, 타이치란은
세계의 평화와 자유를 노래하고
카자흐스탄 자우리 시인은
세계인류의 화합과 조화를 노래하네
지성인 게모리는 물을 위한 나무들
한국을 사랑하는 프레드 제르미 미국 시인은
우리들의 행운에 대해 노래했네

나는 마술로 모두가 하나됨을 보여주고 낭송했지
백한이 시인은 백민의 노래로 빛나고
정인관 시인의 물레야와 어대식 시인의 헌신
김종상 시인 수세와 공세 김의식 시인 세계를
가슴에 안고
전세원 시인의 기적의 기쁨 김기원 시인의 달
빛 찻잔

김철민 시인은 고향길 이영하 시인의 통일을 염원하며
　우태훈 시인의 불나방과 서시인의 사모님 피아노 연주

　이창원 시인 맘속 한빛에 안호원 시인의 초혼의 뜨락
　박영자 시인 태극기가 펄럭일 때 최세균 시인의 가을 그림자
　이용수 시인의 거수경례 서정남 시인의 창
　박영대 시인은 효도여행 김아랑 시인의 징용군의 노래
　성춘복 시인 계관시인되었고 최시인 촬영은 최고의 작품
　다른 시인들도 계관시인만큼 훌륭하다네

　모두가 한 마음 한뜻으로 하나되어
　자연, 생명, 인간, 문명의 조화를 노래했네
　시성의 물결을 환히 이루어간 세계시인대회

직지사

결실의 계절 9월 중순
안양 문화원 김천 고적 답사
천불사 직지사 찾았네

경북 문화재 257호
이준영 중건한 김산 향교
동방의 유학자 신위 모셨네

욕심과 번뇌를 버리고
마음 비우면 자신이 부처요
그 마음이 곧 불심이라네
(直指 人心 見成 成佛)

봄비의 산수

산수에 접한 봄비 시인
삶을 돌이켜 정리코자
기념회 열었네 하림각

사회복지 실천한 〈봄비〉
단편의 〈편 편〉 상하권
〈봄비〉 전덕기 시가집

크리스찬 여류 시인으로
사회복지 실천 사업가로
한 평생 기도와 봉사로

춘우 전덕기 시인이여
사명 잘 감당하셨네
그 사랑 영원 하소서

주문진

벽산 노인정 가을 나들이
대관령 터널 지나 동해로
곱게 물든 단풍에 묻혔네

살아 숨쉬는 주문진
입맛 돋구는 생선회
그래도 마음은 청춘

칠팔순의 노익장들
술한잔에 여정을 풀고
주문진에 행복을 나눴네

정읍 내장산

단풍의 본향 내장산
함께 있어 좋은 친구
참 좋다 정읍 내장산

동학 혁명의 발산지
전봉준 장군의 고택
농민의 민주 혁명 빛나네

구파 백정기 의사 의거
주권과 독립을 쟁취
독재타도 자유 평화 유지

청양 칠갑산

단풍이 곱게 물든
칠갑산 자연 휴양림
칠갑산 안고 떠오르네

동심의 세계로 이끄는
칠갑산 출렁 다리
마냥 즐겁고 신나네

목재 지식 정보 제공
목재 문화 진흥하는
청양 목재 문화 체험장

법주사

하늘 높고 물 맑은
청풍 명월의 고장
속리산 법주사

곱게 물든 단풍
흘러가는 인파속에
속세가 멀어져 가네

우뚝 솟은 금강 미륵불
속리산 골짜기 굽어보며
부처님의 자비를 외치네

통도사

서늘한 가을 날씨 속에
2012년 마감 고적 답사
문화 가족 양산 통도사 찾았네

양산 영축산 아래 통도사
자장 율사가 창건한 사찰
해인사, 송광사, 통도사, 삼보사찰

문화 역사 발전을 위해
문화인의 긍지를 갖고
나가자 문화 선구자로

숭어

자연의 섭리는 오묘
참 숭어 겨울에 좋고
구숭어 보리이삭 날 때 최고

물고기 중 으뜸은 숭어
고기맛이 달고 깊어
물고기중 최고지요

겨울과 봄 숭어는 달고
여름 숭어는 밍밍해 개도 안 먹고
가을 숭어는 기름져 고소해요

4계절의 해물

봄에는 4월 쭈꾸미
　　　5월 가숭어

여름에는 6월 밴댕이
　　　　7월 민어

가을에는 9월 낙지
　　　　10월 전어

겨울에는 12월 대구, 메기
　　　　1월 홍어, 참숭어

행복한 날 (2)

천상의 축복을 받고
백년 가약 맺은
행복한 결혼 예식장

진실한 신랑 신부를
한 몸 되게 맺어주는
엠크래스 컴벤션

알파와 오메가인 동반자를
내 생명처럼 사랑하는
엠스테이트 컨벤션

새 가정 역사 창조하는
만남의 언약이 꽃처럼
행복한 결혼 영원하리

문경 새재 (2)

산노루 넘던 길
맑고 푸른 하늘
열려있네

심산 계곡에 바람도
잠시 쉬었다 가는 길

가슴 환히 비우고
정겨운 문경새재
넘어가네

입안에 말이 적고
마음에 할 일이 적고
뱃속에 밥이 적어야
신선도 될 수 있다는

옛 선인의 말을 새기며
따스한 시선으로 걷는 길

사슴 눈빛 같은 맑은 생각
가득 담아 가는 길

찻잔에 산빛같은
차 한잔 마시고 나니
자연은 찬찬히 마음을 읽어주고
싱그럽게 열어주네

혼자 걸어도 큰 스승과 함께 걸어가는
문경새재 걷는 길

보름달

두메 산골 초가 삼간
외로이 쪽 마루 아래서
싸립문 지키는 삽살개

사랑방에는 마실꾼들의
도란도란 웃음 소리 나고
보름달이 창문을 비추네

침침한 호롱불 아래서
돋보기 쓰고 바느질하는
보름달 같은 어머니

봄의 찬가

겨우내 언 땅을 헤치고
내일의 소망을 이루려
정녕 봄은 오는가 보다

메마른 황사 바람이
대지를 일깨우면
천지를 뒤 흔드네

싱그러운 꽃 내음이
가슴을 촉촉이 적시고
새싹은 찬미하네 봄을

청풍회

청풍명월 정기 받은 청풍 김씨
21대 東자 圭자 후손들
조상숭배 일가친척 사랑하고
가문의 영광 빛나세 청풍회

평화로운 음성 감곡면 상평리
인심좋고 사랑 많은 육형제
깨끗한 우리 가문 정성껏 가꿨네
희망찬 미래로 전진하는 청풍회

문학 기행

단풍이 곱게 물들어 가는
천고마비의 계절에
문학기행 떠났네

칠 팔순의 노스승님들
어지러운 세상 바라보며
초연하게 서 있네

세상은 각막하게 변해도
지나온 발자취 회상하며
교육의 앞 날을 염원하네

소처럼

소처럼 우직하고 묵묵하며
언제나 정성껏 열심하소서

소처럼 겸손하고 순종하고
낮아지고 겸허 하소서

소처럼 참고 기다리며
양보하고 헌신하소서

소처럼 태연하고 초연하게
세상을 이기며 강인하소서

청춘 양구 (2)

찌는 삼복 더위에
한맥 문학 동호인들
양구 세미나 가네

국도의 정중앙 청춘 양구
남북 통일 염원 문인들
통일 과제 나눴네

살아 숨쉬는 자연 공원
젊은 땅 예술의 전초지
박수근 미술관 꽃 피웠네

흑룡의 임진년

세월의 수레바퀴 속에
대망의 임진년이 밝았다

정치, 경제, 사회가 들떠
F.T.A로 어수선한 세상
역사 앞에 부끄럽지 않기를

먼 앞날을 바라보고
참고 견디자 내일을 위해
흑룡의 패기로 힘차게 나가자

잘가라 임진년

격동의 세월 속에
열심히 달려온 임진년
또 한해가 저문다

12.19 대선으로
정치 사회가 어수선한 세상
역사 앞에 부끄럽지 않기를

지난 날을 뒤돌아 보고
나태하고 게으름을 일깨우고
먼저 나라를 사랑해야지

4부_ **엠클래스**

금빛예술단 공연 개회사

행복한 엠클래스

천상의 축복을 받고
신혼 백년 가약 맺은
행복한 엠클래스 컨벤션

알파와 오메가인 동반자를
내 생명처럼 사랑하는
다복한 엠클래스 컨벤션

새가정 역사 창조하는
만남과 언약의 꽃처럼
영원한 엠클래스 컨벤션

칠갑산

단풍이 곱게 물든
칠갑산 자연 휴양림
칠갑호 안고 떠오르네

동심의 세계로 이끄는
칠갑호 출렁다리
마냥 즐겁고 신나네

목재 지식 정보 제공
목재 문화 진흥하는
청양 목재 문화 체험장

물향기 수목원 (1)

맑은 물이 흐르는 수청동
물과 나무와 인간이 만나는
물향기 그윽한 수목원

물을 좋아하는 식물원
습지 생태원 수생 식물원
호습성 식물원 빛나네

다양한 천여종의 식물자원
수집, 증식, 보존관리
물 향기 수목원 영원하리

화성행궁

유네스코 지정된 수원 화성
조선 행궁의 건축 화성 행궁
세계 문화 유산 빛나네

장헌 세자의 극심한 효심
부친의 원침을 화성에 옮긴
조선 22대 정조대왕

총포를 방어하는 근대적 구조
사적 32호 지정 수원 화성
성곽의 꽃 빛나네

산정호수

푸른 5월 가정의 달
벽산 노인정 봄 나들이
포천 산정호수 찾았네

신록이 깊어가는 계곡
웅장한 명성산 아래
잔잔한 물빛 산정호수

목교 산정호수 둘레길
멧 비둘기 서식 비둘기낭 폭포
산정호수에 사랑을 나눴네

하늘의 빛 교회

관악산의 정기 서린 안양 평촌
비산벌에 학의천이 흘러가고
정답고 사이 좋게 도와가며
사랑 많은 하늘의 빛 교회

평화로운 안양시의 중심되어
시원스런 교통요지 비산 4거리
열린 마음 서로서로 사랑하며
은혜로운 하늘의 빛 교회

친절하게 미소짓는 고운 얼굴
사랑하는 믿음의 형제여
은혜로운 기도 찬양으로
성령 충만 하늘의 빛 교회

순교자 (2)

기독교 선교 100주년 기념
한국 크리스찬 문학가 협회
기독교 순교자 기념관 찾았네

쓰라린 6.25를 회상하며
국가와 민족을 위해 전사한
호국 영령의 명복을 빌고

민족의 복음화를 위해
순교한 거룩한 성직자
그 정신 영원 하여라

박달2동

우성산의 정기 서린 박달2동
충훈부 벌판에 안양천 흘러가고
정답게 서로서로 도와가며
오늘도 발전하는 박달2동

평화로운 우리 마을 모범되어
인심 좋고 살기 좋은 우리 동네
깨끗한 우리 고장 내손으로 가꾸어
미래로 발전하는 박달2동

천태산 피서 (1)

찜통 더위가 기승을 부리고
짙푸른 녹음이 가슴을 적시네
횡성의 천태산 자연 휴양림

천태산 기슭 해송 방가로
가족 피서로 마음을 열고
하루의 여정을 풀었네

짙푸른 녹음 속에 고요함
만끽한 허브나라 향기
마음도 청춘 행복한 여정

천태산 피서 (2)

이효석의 메밀꽃 필 무렵
생가에 문학향기 그윽하고
메밀 막국수로 옛정 그리며

허기진 배를 채우는
30년 전통의 안흥 찐빵
그 명성 여전하네

장엄한 천태산 골짜기
스많은 피서객이 들끓어도
천태산은 말이 없네

금빛봉사 400회

품위가 아리따운 고전 무용
흥미 진진한 시낭송과 마술
너털 웃음 가득한 품바타령

흥겹고 신나는 남녀가수
심금을 울리는 악단 연주
사랑과 봉사정신 빛나네

그늘진 사회 뒤안 길에
노인 여가 문화 향상 힘쓰고
400회 금빛 봉사 쌓았네

배드민턴 동우회

은하수 배드민턴장
치솟는 샤틀곡에
청춘이 되살아 나고

터지는 웃음 소리에
심신에 생기가 나고
신선한 아침을 연다

답답한 가슴을 펴고
배드민턴 동우회여
만수무강 하소서

은석 인생 여정 1
(隱石 人生 旅情 1)

십대 빈농 가정에서
고진 감래 정신으로
주경 야독 하였고

약관(弱冠)에 배필 만나
가정이루고 훈장되어
초등 교육에 몸 바쳤네

입지(立地)에 서울 전출하여
젊음을 불태우고
수도 교육에 헌신하였네

은석 인생 여정 2
(隱石 人生 旅情 2)

불혹(不惑)에 내집 마련하고
자녀 남매 짝지어
평화 가정 이루었네

지천명(知天命)에 장로 직분 받아
몸된 교회 잘 섬기며
청지기 사명 잘 감당하고

이순(耳順)을 넘어 정년하고
자원 봉사 활동하여
금빛 봉사 예술단 공연 하였네

은석 인생 여정 3
(隱石 人生 旅情 3)

고희(古稀)에 귀향 시집 내고
고향에 시비 세워
문학 인생 가득 하였고

이수 접어 마음 다스려
인생 여정 즐기며
세상 더불어 살아가네

구순에 세월을 돌아보며
인생 정리에 힘쓰며
하늘 나라 소망 꿈꾸네

장로 수련회

안개 낀 짙푸른 팔봉산 아래
홍천 대명 비발디 파크에서
전국 장로 수련회 열렸네

3천 여명의 전국 장로님들
하나님 영광을 위하여
심신 단련하며 기도했네

나라와 민족을 위해
교회와 성도들을 위해
영적 전쟁 승리를 위해

하나님 영광을 위하여

물향기 수목원 (2)

하늘 높고 물 맑은
푸른 5월 가정의 달
물향기 그윽하네

엄마의 품이 그리워
귀여운 어린이의 재롱 모습
오늘은 어린이 세상

벽산 배드민턴 노장들
친목 단합의 흥겨운 목소리
물향기 수목원 진동하네

영광을 위하여

거룩한 주일 날
큰 빛 교회 성도님들
마음과 정성을 다해
하나님 영광을 위하여

나라와 민족을 위해
교회와 성도들을 위해
영적 승리를 위하여
정성을 다해 기도하네

평안 성도

평화로운 비산동
학의천이 흘러가고
서로서로 사랑하며
기도하는 평안 성도여

친절하게 인사하며
사랑 많은 성도여
신령한 말씀 찬양으로
은혜 받은 평안 성도여

그리운 님이여

국회 의사당 의원회관
백두산 문학 수상식에
은석 가족 축복 받고

한 많은 79세 한 평생
청빈한 교육자 가정에서
남매 잘 길러 성취 시키고

권사 직분 받아 기도 열중하고
하나님 부름 받아 소천 하였네
아! 님이여 영원 하소서

작품해설

우리 산하를 둘러본 여정과
자서전적
나눔정신

우리 산하(山河)를 둘러본
여정(旅情)과
자서전적(自敍傳的) 나눔정신

― 김주명 시인의 세 번째 시집에 붙여 ―

김 완 기

(한국아동문학회 전 회장 및 한국문협 이사)

1.

김주명(金珠明) 시인은 시집 『청풍명월』은 물론 이미 출간한 〈귀향〉, 〈은빛 향기〉를 통해 한결같이 역사가 숨쉬는 아름답고 정이 넘치는 산하와 시와 인생을 동일시 하리만큼 소박한 일상을 정겹게 담아내고 있다.

시인의 제3시집 『청풍명월』은 발문이나 해설이 필요하지 않을 정도로 시편 하나하나가 명료하다.

시적 정감이나 함축된 이미지가 그저 보는대로 자연스럽게 드러내 즉흥적 감동이 주류를 이루고 있다. 누구나 이해가 쉽고 고개를 끄덕이게 할 것이다 .

김주명 시인은 오랜 세월 교단에서 어린이들과 함께 했다.

시 전반에 몸에 밴 동심의 체온이 따스하게 스며난다. 전국에 산재한 우리 조상의 체취와 숨결소리를 순박한 동심적 시안으로 바라본 걸 금방 알아차리게 된다. 마치 경이에 찬 눈으로 바라보는 어린이에게 자랑스런 우리 선조의 빼어난 모습들을 쉬운 언어로 들려주 듯 그저 편안하게 리듬과 형식을 초월한 시편들로 채워져 있어서 친근하게 와 닿는다.

2.

김주명 시인의 시는 '우리의 옛것' '우리 함께'라는 명제가 정신적 모체를 이룬다. 작품 '오죽헌' '월미도' '선릉 주왕산' '광한루' '청춘 양구' '법주사' '통도사' '칠갑산' '문경새재 '등에서 보듯 한민족의 얼이 스며든 '우리 옛것'에 대한 애착이 남다름을 만나게 된다. 한반도 곳곳의 수려한 옛 자취를 찾아 정신적 감성을 표출하는 열정이 대단한 시인이다. 시를 사랑하기 때문에 그냥 지나쳐버리지 못한다. 돌 하나 기둥 하나 기와 하나에 조상의 숨결을 찾아내려는 '옛 것'에 대한 존경심이다.

또 하나는 '우리 함께'라는 포근한 마음가짐이다. 작품 금빛공연 300회, 금빛 봉사 10주년, 금빛봉사 400회 등에서 시인의 숨은 활동을 엿보게 된다. 시인은 뜻 맞는 분들과 함께 10여년 동안 400회 넘는 무료 금빛봉사 활동에 앞장서고 있다. 시를 사랑하기에 가능하다고 실토하고 있다. 처음엔 가까운 이웃에게 시를 들려주고 낭송을 통해 시 확산 운동을 하다가 지금은 여러 악기로 구성한 악단으로 불우한 이웃을 찾아간다. 소외된 이웃들에 기쁨을 준다. 그늘진 곳에

묻혀사는 분들에게 밝은 빛을 꺼내 보인다. 양로원과 장애인도 찾아간다. 시를 읊는 것부터 시작해 무용과 악기 연주와 마술에 이르기까지 금빛봉사는 작은 시 사랑 운동의 하나로 여기고 온 몸을 바치고 있다.

김주명 시인은 시를 사랑하고 시를 통해 삶의 의미를 찾는다. 40년 넘게 느티나무 교정에 뛰노는 아이들과 호흡을 함께 한 온기가 시를 쓰는 에너지의 바탕이 된 듯싶다. 하늘 향해 두 팔 벌리는 풋풋함이 운동장 모퉁이의 꽃밭을 찾는 나비들의 날개짓 만큼이나 순박하고 청아한 시심으로 시를 쓰는 시인이다.

이 시집에 실린 작품을 읽다보면 시적 기교나 테크닉 보다는 들녘에 피고지는 들꽃처럼 그저 수수하다. 하찮은 것이지만 그냥 무심히 지나쳐 버릴수 없어 발을 멈추어 감추어진 것들과 이야기를 나누고 싶어한다.

봄에는 4월 쭈꾸미
　　　　5월 가숭어

여름에는 6월 밴댕이
　　　　7월 민어

가을에는 9월 낙지
　　　　10월 전어

겨울에는 12월 대구. 메기
　　　　1월　홍어, 참숭어

　- 시 <4계절의 해물> 전문

시인은 계절속에 자신의 지느러미를 퍼득이는 해물을 시의 그릇에 담아 놓았다. 어떻게 보면 하나의 단순한 소품으로 보이지만 자연이 품고 있는 너그러운 세상을 그려내고 있다. 이번 시집에 담고 있는 시편들을 살펴보면 이같은 단순 명료한 직관적인 표현을 여러 곳에서 발견하게 된다. 이같은 착상은 긴 세월 몸담은 교직에서 동화된 동심적 발상이라 하겠다.

김주명 시인은 충주사범, 서울 교육대학, 방송통신대를 수학하며 45년 반세기를 교육자로 헌신해 왔다.

타고난 성품 그대로 온후하게 어린이 교육에 빛난 업적을 남겨 소파 방정환 선생의 어린이 사랑 문학 정신을 기리는 영예스런 '색동회상(1988년)'을 수상했다. 교직에 몸담고 있으면서 시인으로 교회 장로님으로 항상 모범을 보였고 열정을 다해 모두에 존경과 부러움을 차지하기도 했다.

기독교적 사랑정신으로 매사에 헌신하고 봉사하다 보니 시의 소재도 일상의 체험이 많을 수밖에 없었다. 방방 곳곳의 명승지와 유적지를 찾는 것도 '금빛 봉사'의 일환이었다. 응달진 곳에 사는 불우이웃에게 기쁨과 소망을 주기 위해 함께 다니며 여정(旅情)을 나누었고 이곳에서 떠오르는 생각과 체험한 것들을 끊임없이 메모하면서 신앙심으로 자신을 돌아보곤 했다.

　　3천여 명의 전국 장로님들
　　하나님 영광을 위하여
　　심신 단련하며 기도했네

　　나라와 민족을 위해

교회와 성도들을 위해
영적 전쟁 승리를 위해

하나님 영광을 위하여

　　　- 시 <장로 수련회> 일부

　그렇다. 시인으로 신앙인으로 80평생 인생 여정을
값지게, 아름답게, 향기나게, 청아하게 가꾸고 있다.
기쁨과 환희를 함께 하고 싶고 소망으로 달려가고 싶
은 불사조의 도전 정신이 배어있는 건 아마도 시인
자신의 삶의 흔적인 듯싶다. 자연과 사물과 일상의 작
은 이야기들, 소박하게 그려진 일상의 이야기들이 풀
잎에 맺힌 이슬 방울처럼 돌 틈에 혼자 피고지는 들
꽃처럼 보이는 건 왜 그럴까?

　3.
　시 소재가 대체적으로 문학기행을 통해 우리의 문
화 가치를 조명하고 그 속에 감추어진 토속성을 바탕
으로 하지만 사실을 사실로 보는데서 내재된 세계를
형상화하는 작업을 짙게 나타내지 않았을까 ?

산과 하늘이 열려
심산 계곡에 펼쳐진 푸르름
산길이 정겨운 문경새재

청계천 문학 회원님들
문경새재 자연생태 공원
자연의 향기 물씬 풍기네
찻잔에 잠긴 소중한 사람

당신과 함께 우정 나누며
칠석 차문화제 사랑 나눠요

    – 시 <문경새재> 전문

  잠시 머물고 싶은 곳, 지나다가 마음에서 우러나오는 회포, 그게 여정(旅情)이고 여심(旅心)이다. 문경새재도 그 중 하나였다. 자연이 만들어낸 고개, 그 산길에서 함께하는 문우들과 회포에 젖는다. 문경 새재 고개를 넘는 사람마다 느낌이 다르겠지만 '아르르르 아르르르, 자연의 신비가 펼쳐지는 고갯길'이라며 흥얼거리고 싶은 곳이다. 그 풋풋함을 심산계곡에 펼쳐진 푸르름으로 나타냈다. 시인은 맑은 샘물가에 풀잎과 들꽃이 피고 지는 시골 마을 빈농 가정에서 태어나 자란 탓인지 그의 작품엔 자연이 살아 숨쉬는 싱그러운 시가 많다. 어린날의 기억이 뇌리에 오래 남는다는 걸 시인의 시의 소재에서 시적 공간에서 발견하게 된다.

단풍이 곱게 물든
칠갑산 자연 휴양림
칠갑산 안고 떠오르네

동심의 세계로 이끄는
칠갑호 출렁 다리
마냥 즐겁고 신나네

목재 지식 정보 제공
목재 문화 진흥하는
청양 목재 문화 체험장

    – 시 <청량 칠갑산> 전문

칠갑산(七甲山)은 충남 청양에 위치한 높이 561미터의 도립공원이다. 정산면, 대치면, 적곡면을 아우르는 칠갑산은 각종 목재 산지로 유명하다. 시인은 이곳에서 시 한편을 읊었다. 아름드리 나무가 무성해져 하천에 흐르는 물이 늘 넉넉하다. 금강(錦江)과 무한천(無限川)이 사시사철 마르지 않고 유유히 흐르는 것도 칠갑산 우거진 나무 때문이다. 어찌나 상쾌하고 좋은지 동심세계를 연계시키고 있다. 어떻게 보면 내면의 깊이 보다 외형 그대로의 사실 표현이다. 시인은 자연 휴양림과 목재문화 체험을 강조하고 싶었던 모양이다.

4.

김주명 시인의 시에서 가족애, 이웃간의 따뜻한 사랑이 묻어난다. 역경을 딛고 자식들을 반듯하게 키워주신 '그리운 어머니' '고마운 아버지' 얘기는 8순 나이에도 그리움으로 남아있다. 가족애는 물론 일상에서 만나는 이웃에 대한 선한 눈빛이 곱기만 하다. 나만의 행복보다 이웃의 행복을 먼저 챙기는 속 깊은 정을 여러 시편에서 찾게 된다.

(전략)

사랑방 마실꾼들의
도란도란 웃음소리
보름달이 창문을 비추네

침침한 호롱불 아래서
돋보기 쓰고 바느질하는

보름달같은 어머니

　　 - 시 <보름달> 일부

　지금은 아련한 옛 모습으로 잊혀져 가지만 해방 전·
후와 5.25 이후에도 시골 마을이 대부분 희미한 등잔
불이었다. 그 불빛으로 어른들은 바느질과 길쌈과 가
마니 짜기를 했고 밤늦도록 안방에선 다듬이 소리가,
사랑방에선 마실꾼들의 애기가 그치질 않았다.
　호롱불, 등잔이라는 단어는 시인이 어릴적 글공부
를 하던 이야기로만 남을 옛 모습이다.
　침침한 불빛, 보름달이 찾아온 문틈으로 등잔불 심
지를 조금씩 올려 가물가물 호롱불 아래서 바느질하
는 어머니를 보름달 같다고 비유했다. 장난꾸러기 아
이들은 호롱불이 너무 침침하다며 반짝 반짝 불빛을
내는 반딧불이를 모아 빈 유리병에 넣어 불 밝히기를
하던 옛적 시골집 밤 풍경이다.
　김주명 시인은 그냥 흘려버리기 쉬운 우리의 따슨
정이 담긴 옛 적 모습을 자신의 소중한 경험으로 다
시 건져 내려는 욕구를 보인다. 유년의 체험을 시로
승화시키려는 시도를 여러 작품에서 엿볼 수 있다. 이
같은 체험적 소재를 오늘에 접목시켜 촉촉한 내면의
깊이를 건져내고 있다.

　　소처럼 우직하고 묵묵하며
　　언제나 정성껏 열심 하소서

　　(중략)

　　소처럼 태연하고 초연하게

세상을 이기며 강인하소서

　　　- 시 <소처럼> 일부

떴다 떴다 해가 떴다
신선한 아침 공기 마시고

(중략)

마음문 열어 온 세상 안아
떴다 떴다 등불 되어야지

　　　- 시 <떴다 떴다> 일부

　'소처럼'은 시인 자신의 자화상인 듯싶다. 어찌보면 늘 듣던 평범한 메시지로 느낄 수 있으나 한 번 쯤 되새겨볼 삶의 방식을 던져주고 있다.
　김주명 시인은 시에 담은 소처럼 살아 왔다. 교단과 문학의 두 수레바퀴를 동시에 굴리면서 우직하게 비상하며 오늘에 이르렀다. 교직 생활은 열정으로, 시 쓰기 문학활동은 애정으로 열심히 달려온 흔적들이 고여있다. '소처럼'과 '떴다 떴다'에서 긴 설명 못지 않게 던지는 메시지가 몇 번이고 반추해 되새김하고 싶어진다.

　김주명 시인의 『청풍명월』에 담긴 시를 읽다보면 맑은 바람과 밝은 달을 만나는 듯하다. 청풍명월의 네 글자는 옛부터 성품이 결백하고 삶이 온건한 충청도 지방 사람의 모습을 일컫는 말로 전해진다. 시인은 그 곳에서 태어나 그 곳의 촉촉한 흙을 밟으며 학교에

다녔고 밤이면 밤하늘 별님과 도란도란 살아가는 지
혜를 나누면서 문학의 꿈을 키우며 자랐다. 꼿꼿하게
교단을 지켰고 영예스런 한국 교육자 대상(1989년)을
수상하기도 했다. 퇴임후엔 색동회 이사로, 안양 금빛
봉사 예술단 단장으로 봉사하면서 글을 쓰고 있다. 시
인의 호 '은석(隱石)'처럼 말없이 온 몸이 부서져도 제
몫을 다하는 시인이다. 돌처럼 자신을 시에 담는 (詩
作)활동에 주님의 은총이 가득하기를 기원한다.

김주명 제3시집

청풍명월

초판 인쇄 2015년 1월 5일 인쇄
초판 발행 2015년 1월 9일 발행

지 은 이 : 김 주 명
펴 낸 이 : 백 성 대
북디자인 : 박명화 · 이미화
펴 낸 곳 : 도서출판 노문Nomoon
　　　　　출판등록 2001년 3월 19일 제2-3286호
　　　　　서울 · 중구 마른내로 72 (인현동2가)
　　　　　전　화 : 02)2264-3311~2
　　　　　팩　스 : 02)2264-3313
　　　　　E-mail : nomunsa@hanmail.net

ⓒ 김주명 2015 printed in Seoul, Korea

ISBN 978-89-86785-03-6